夜伽《よとぎ》一巻《ひとまき》

羽あるもの

吉田篤弘

平凡社

目次

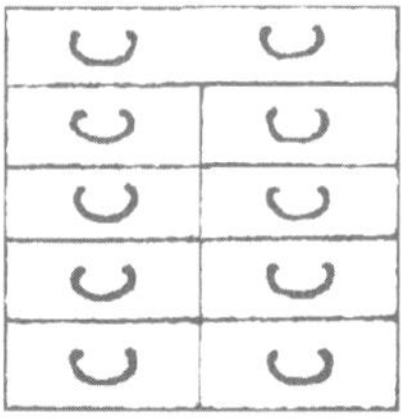

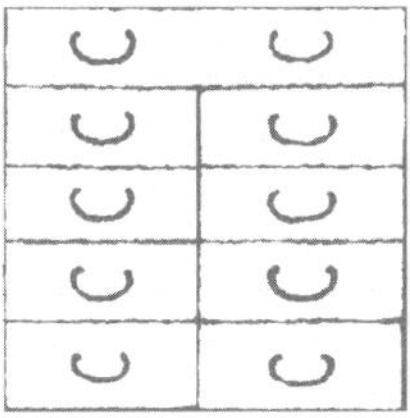

装幀——吉田浩美　吉田篤弘——クラフト・エヴィング商會——

羽あるもの

羽あるもの

その者は、光をまとって書院の隅に立っていた。光はごく淡いものであるが、仮に冥界からの遣《つか》いとなれば、その足もとは定かではない。

されど、その者は、わたくしを認めると、静々とこちらへ歩み寄って、真っ当なひとりの青年となった。

「貴女《あなた》には、私が見えるのですね」

わたくしに問答を仕掛けてきたというより、起きていることへの了解と思われ、わたくしがひとつうなずくと、その者もまた、ひとつうなずいて、心は通いあった。

わたくしは朝方の早い時間より、書院のあたえられた席で、羽あるものにまつわる記述を筆写していた。もととなる孤本《こほん》も、無論のこと写本であり、したためられた事象の一切が、正しい記録であるか、偽のつくりごとであるか、判然としなかった。

あらかたはつくられた逸話であり、羽あるものが、この世にいたという確たる記録は、これまでのところ、およそ見つかっていない。ただし、つくられた偽書はいずれも興をひかれるもので、いつからか、わたくしは、そうした偽書および偽史を収集することで、うつりゆく時に身をまかせていた。

一方、わたくしの眼は生まれもって、見えないものを捕まえてしまうようで、淡い光をまとってあらわれる者らと、対話を重ねる機縁が、たびたびおとずれた。

「自分は、なにゆえ、このようなことになってしまったのでしょう」

青年は、けわしい目でこちらを見ていた。

「あなたさまは、おそらく、そちらの界へ行かれたのではないでしょうか」

わたくしがそう説くと、その者は、「そういうことでしたか」と声の張りを無くして、やにわにうなだれた。

「皆が、私の姿を認めないのです」

糸を断たれた人形のごとく、その場へ力なく腰をおとした。

「そうでしたか」

わたくしは筆を擱《お》いて、その者をいたく憐《あわ》れんだ。

とはいえ、人は皆、それぞれの肚《はら》のなかに冷淡とあさましさを隠し持っている。かように憐れみをいだきながらも、わたくしは、その者の背に、羽の有無をたしかめていた。

とまれ、光を背負っているゆえ、しかと認めるには至らない。ざっと見た限り、翼の類は見あたらなかった。

「となれば、ここは冥界ということになるのでしょうか」

その者は、声をふるわせて低くつぶやいた。

「いえ、おそらく、あなたさまは下界と冥界のはざまで、さまよっておられるのでしょう」

わたくしが、そう申し上げると、

「それはまた、困ったことになりました」

その者は、にわかに体がひとまわり小さくなったように見定められた。

「さて、ここへ至るまでのあいだ、御身《おんみ》にどのようなことがあったのか」

わたくしが、なおも問うと、その者はしばし黙し、

「思い出そうとしましても、すべてがぼんやりと霞んでしまうばかり」

みるみる、憔悴《しょうすい》を増してゆく。

非常なるものが、その者の身の内でうごめいているに違いなく、為す術《すべ》もなく、ただ苦悶していた。

なにか自分にできることはあるのか、と思いをめぐらすも、弔《とむら》いの儀に不案内な自分が、成仏への正しい手順を心得ているはずがない。

思案するうち、書院の廊下を足早に来たる者があり、大層な音とともに

戸をひらいてあらわれしは、書院を取り仕切る松岡氏《まつおかうじ》である。

「またしても争いが起こりました。こちらへ迫り来るまえに、すみやかに退出なされるよう」

わたくしは、写し始めたばかりの書を松岡氏に示した。

「そういうことであるなら、お借りしてもよろしいでしょうか」

常であれば決して許されぬのに、争いに動転しているのか、

「お好きなようになされたらよろしい」

いともあっさり、許しが得られた。

松岡氏の心変わりが起きるまえに、わたくしはその書を胸にいだき、墨を含んだままの筆を懐紙につつんで、身支度を調えた。その様子を書院の隅の暗がりから、先の青年が見ている。

「あなたさまは、どうなされますか」

問うてみたが、青年が事のなりゆきを解しているとは思われない。

「それでは、わたくしについてきたらよいでしょう」

そう伝えたものの、はたして、その意味を呑みこめたものか。


されど、わたくしが書院から退出すると、その者も、しばしの間をおいてあとをついてきた。

争いの気配は耳を澄ましても届かず、松岡氏は異様に慄《おのの》いていたが、こちらが戦禍を蒙《こうむ》ることは、こたびもまずないであろう。

しかれども、常よりも急ぎ足で帰途につき、かえりみれば、かの青年は、身にまとった白い装束を持てあましている。わたくしは身分を隠して書院へ通っているゆえ、いずれにせよ、帰途はせわしなく、こちらの急ぎ足に青年は幾分か苦しげについてきた。

こちらとあちらのはざまで迷う者の身の内に、さて、どのような惑いが生じているのか。

それもまた、わたくしがいずれ学ぶべきことであるのだろう。

*

わたくしの庵《いおり》は都のはずれにあり、鳥や獣が姿を見せることはあっても、人は誰ひとり寄りつかない。

夜はただいたずらに暗く、朝は身が引きしまるほどに水がつめたい。書をひもとくだけの庵であるから、余計なものは排し、世を忘れて、ひたすら文机に向かっている。

その者は、わたくしがそうして書をひもといているあいだ、部屋の隅に身を置いて息をひそめていた。

茶をすすめると、ゆっくり音をたてずに喫《きつ》し、菓子をすすめれば、やはり音をたてずに、ともすれば、優雅なたたずまいで静々と食《は》む。

「あなたさまは、どちらでお暮らしになっていたのでしょう」

そう問うたところで、その者には、依然として返す言葉がなく、下界に於《お》けるこれまでの諸事は、ことごとくよみがえらない。

なぜ、かようなことになっているのか、それもまた、わたくしの興をひいてやまなかった。

ときに、青年は悔いるように涙をうかべ、ときに、やわらかく微笑して、自らの境遇に対峙《たいじ》していた。声に発する言葉はいかにも少なく、およそのところ、「わかりません」と繰り返すのみ。

目するべきは、その者に兆《きざ》した輝きで、これは、こちらが光と見なすからそう見えるのであり、じつのところ、冥界と現世《うつしよ》のあわいに生じた結界の徴《しる》しと思われた。

ときおり、その徴しは一段と輝きを増し、その者の姿かたちをすっかり覆《おお》い隠すほどあふれかえった。

また、ときには、蠟燭《ろうそく》が尽きるようにまばゆさを逸し、命をとじるがごとく、輝きを消し去らんとした。光の消滅に乗じて、それきり、その者の姿も消え入ってしまうのではと危ぶまれたが、そのうち、光はまた凜《りん》として、もとにもどされる。

「あなたさまには、こちらの様子がすっかり見えているのでしょうか」

そう問うと、

「貴女の姿は、まぎれもなく見えております。しかし、そのまわりは、ただぼんやりとしているのみです」

青年は目をほそめた。

おそらく、書院からの帰途も、さぞや心もとないことであったろう。その不自由に思い至り、あまつさえ、はざまに迷う苦渋がこのままつづいていくのかと心がいたむ。

それとも、いずれ天より迎えがあり、ようやく、あちらの界へうつろってゆくのか。

わたくしひとりの考えでは埒《らち》があかなかった。このようなとき、黙蓮寺《もくれんじ》の和尚《おしよう》であれば、よい智慧を授けてくれるに違いない。

「しばし、お待ちなさい」

青年に告げ、庵の裏の竹林をぬけて、寺の門をたたいた。

和尚は壮健で弁が立ち、寺院の奥の間に明王《みようおう》の秘仏を祀《まつ》りながらも、いっこうに功徳《くどく》を積まない。酒ばかり酌《く》んでいる。

奥の間には、おびただしい数の書が積み上がり、わたくしが足を踏みいれると、和尚は板の間に転げた杯《さかずき》を拾い上げて、そっと懐《ふところ》に隠しいれた。

されど、その立派な団子鼻は見事に赤らんでおり、仁王のごとき大きな両眼が燃えるように血走っている。

「それはまた、異なことである」

和尚は、わたくしの話を終《しま》いまで聞いて、首をかしげた。

「わしの知る限り、冥界と現世《うつしよ》のはざまに遊ぶものは、茶を喫したり菓子をほおばったりはせん」

「和尚様は万巻の書に通じておられるのですから、なにかしら、似かよった故事《こじ》をご存じなのでは」

「さて」と和尚は当惑し、「わしは、あまねく書を読みすぎて、とうとう頭へ収まらんようになった。もはや、なにも覚えておらん。それゆえ、かような大事に出くわしたときは、野狐《やこ》に訊ねるよう心がけておる」

「野狐様ですか。その方は、どのような方でいらっしゃるのでしょう」

「いや、人ではない。名も無き若狐だ。わしが舌を巻くような智慧者《ちえしゃ》で、どこで身につけたか、こちらのあずかり知らぬ有象無象《うぞうむぞう》に通じておる。訊けば、およその問いに難なくこたえおる」

「その野狐様に、わたくしも、お目にかかれるでしょうか」

和尚は懐に隠した杯をおもむろに取り出すと、かたわらに置いた徳利《とっくり》から、ゆるゆると酒をついだ。

「わけないことだ。今宵、奴がここへ酒をもとめにきたら、貴女の庵に赴《おもむ》くよう、つたえておこう」

和尚は、どこからか、いまひとつの杯を取り出し、いそいそと酒をついで、こちらへ差し出した。

「なに、心配は要らぬ。この杯は野狐に誂《あつら》えたものではない。奴は自らの掌に受けて酒を飲む。飲み干すたび、指の先まで舐《な》め尽くしておるわ」

　わたくしは杯に口をつけた。

「ところで、和尚様は、なにを喜びとして日々を送られているのでしょう」

「なにをいまさら。喜びなど、ひとつもないわ。知っておろう。あるのは悲しみばかりではないか」

「わたくしもでございます」

「左様、誰にでも悲しみはある。ようは、そいつをいかに生きる糧《かて》に変えていくかじゃ。わしは、あるときより、その一事のみを思案してきた。しかし、数珠《じゅず》を酒代に替えるような愚僧に答えは見つからん。所詮《しょせん》、われらの浅はかな智慧では、及び難い何ものかが立ちはだかっておる。ならば、力の限り悲しむよりほかなかろう。悲しみに暮れるたび、われらはこの杯に、わずかばかりの賢さを授かる。その積み重ねじゃ。わしはそう思っておる」

＊

わたくしはその夜、和尚からわけてもらった酒を銚子にうつし、竹林に向けて戸を開け放つと、ともしびを消して野狐様をお待ちした。

かの青年は、青白い紗《しゃ》のごとき光をまとって部屋の隅におられる。

わたくしは、竹林よりあらわれる小さな獣らに、声をかけたことも、かけられたこともなかった。憑《つ》かれるのを恐れ、吉凶を占いたい疑義《ぎぎ》が生じたとしても、狐様に託すことなど、いかなる場合においてもない。

わたくしには、和尚のように世の習いにそむく覚悟が足りていない。狼《ろう》藉《ぜき》を重ねるという話ではなく、なにごとにもなびかず、心をひらいて受けとめるという意味である。

とうに世を忍んで蟄居《ちつきよ》しているというのに、一体、誰の目を気にして心をとざすのか。あるいは、わたくしのそうした気性が、羽あるものへの憧《しよう》憬《けい》を育んだのかもしれない。

されど、自分でもめずらしきことと驚いているのは、この憐れな青年に心をゆるしたことだ。

母になったことなど一度としてないのだが、自らの小さな分身を産んだかのごとく、この青年を、おのずから護《まも》りたいと心が騒いで落ちつかない。どうしても捨て置けず、そうとなれば、隠棲《いんせい》の身のささやかなよすがとして、青年の行く末を見まもりたい。

そうした思いを胸に秘め、庵の暗がりより、竹林に目を凝《こ》らしていた。

そのうちに、穏やかに風が吹いて笹を揺らし、青々とした葉と葉が触れあって、こちらの胸中のざわめきとひとつになった。

「申し上げます」

たしかな声が、ざわめきの中より這《は》い出てきた。ずいぶんと身を低くして、警戒の色をあらわにしている。

「わたくし、はばかりながら、黙蓮寺の和尚殿より仰せつかりました、名もなき野狐にございます」

「お待ちしておりました」

野狐は伸びあがってこちらを見据え、またたく間に草むらを駆けて、庵の戸口でその身を晒《さら》した。

いかにも、うるわしい狐である。わたくしがその瞳を見やると、恥じ入るかのごとく目をそむけた。

「わたくしに、なにか御用でありましょうか」

野狐は庵のなかをつぶさに見やり、ほどなくして、青白く発光する青年の姿を認めた。

「成る程」と得心した様子で、しきりにうなずいている。

「教えていただきたいのは、その青年の行く末なのです」

わたくしの言に、

「じきに、節目が訪れるでしょう」

野狐は落ち着きはらってそう応じた。

「この者の正体は、貴女の悲しみでありましょう。貴女の悲しみが化身となって、そこに、そうしてあらわれるのです」

なんということ。返すべき言葉が見つからなかった。

四方八方に真っ白い幕がおりてきて、視界も頭の中も完全な無となった。

よって、野狐がいつ姿を消したのか、はたして、わたくしたちは本当にあれらの言葉を交わしたのか、それすら見境《みさかい》がつかなくなった。

我にかえったときには野狐の姿はそこになく、ただ足あとだけが点々とのこされて、起きたことの証《あか》しになっていた。

竹林はといえば、何ごともなかったかのように風もやんで静まりかえり、わたくしの耳の奥だけで、幾たびも野狐の声が繰りかえされる。

一体、このようなことが起こりうるものか。悲しみが、枝をしならせる果実のごとく結実し、そのうえ、それが等身となって、かたちを成すというようなことが。

仮に、野狐の言葉がそのとおりのものであるのなら、あらためて、青年と向き合って、悲しみの根にあるものを洗い出す必要がある。

されど、わたくしは青年がそこに坐《ざ》している気配を感じとりながらも、無心になって直視することを難しくおもった。

青年はわたくしに訴えたいことがあるのではないか。それで、わたくしの前に姿をあらわし、どうしてこのようなことになっているのか、ひととおりの説明をもとめているのではないか。

わたくしは戸口をしめ、ともしびを机辺に引き寄せると、青年に背を向けて、文机の上の書をひもといた。

書院より借り受けてきた読みさしで、意味をもとめずとも、ただ文字を目が追えば、それでひとまず心が落ち着いていく。

竹林のみならず、こちらの胸中をざわつかせた風も鎮まり、しんとした時のなかで、文字はわたくしの目から鼻へ、鼻から喉《のど》へとつたって、体の芯《しん》にまで沁《し》みわたった。

よくできた酒が体のあちらこちらで花を咲かせるかのごとく、沁みわたった文字のひとつひとつが、言葉として書かれた、それ以上のものをこちらに開示する。

文字はただちに声となり、その声が、先の野狐の声音と酷似しているのは、さて、どのようなめぐりあわせであろう。


「羽あるものは」

声がそう云った。

「その身に光のごとき憂いをまとい、光と見えたものは、じつのところ、現世《うつしよ》と常世《とこよ》がせめぎ合う、みぎわをあらわすものなり」

「この者は悲哀の化身なり。苦渋のうちに、せめぎ合うときを過ごし、そののち、さらなる化身を果たすであろう」

わたくしは、それらの声が、ひらいた書の中から聞こえてくるのか、もしくは、草むらの向こうの竹林よりこの耳へ届くのか、判断を保留するうち、「いや、そうではない」とかえりみた。

最前より気配としてあった微弱な光の中にその者はいまだあり、全身が青白くふるえ、ひらいた書でもなく、竹林の中からでもなく、ほかでもない、その者が声を響かせていた。

おそらくは、自らについて記された文字のつらなりを、いつのまにか自身の身の内に取りこみ、わたくしや野狐が説くよりも早く、おのれの来し方を正しく心得たのであろう。

「やがて、この者の背を割って、光そのものと思しき一対の羽がひらき、ついに大きく羽ばたいて、光の羽毛をそこかしこへ撒《ま》き散らす」

そのとおりのことが眼前にひろがった。

青年は、いや、羽あるものは、白い花びらを散らすように光を撒き、わたくしの頭上へ、のみならず、庵の天井をも突きぬけ、まっすぐに、あざやかに、夜空の涯てへと消えいった。

ひらかれた書には、こう書かれている。

「あとには、しじまがのこされるばかり」

その花の香り

こばむほどではないとしても、わたくしがすすんで手を出さぬものに、糸の扱いがある。

扱いかねるのは、わたくしの指に、しばしば糸がからみついてしまうからで、これはしかし、糸のせいなのか、わたくしの気性によるものか、いまだ判然としない。

糸が難儀《なんぎ》となれば、針にふれる機会も遠のき、それゆえか、太刀《たち》をまじえる気配が差しせまっても慄《おのの》きを覚えないのに、指先を針で突いた痛みには、たちまち生気が失せていく。

したがって、衣のはしばしに、ほころびが見受けられても、針を手にして修繕をほどこすような嗜《たしな》みが、わたくしにはない。ほつれた糸を見つけても、見ぬふりを決めこんで、やり過ごしてしまう。いよいよ、目に余るようであれば、自慢の糸切り歯で、ぷつりと断てばよい。

およそ、断つことで、この身を養ってきた。

けだし、人の世はあまりに短い。かえりみる過ぎし日が、思わぬ重みを増したときは、ほどけた縫い目をかがるより、いっそのこと、断つ方が手っとり早い。

断たねば、いずれまた糸がほどけて、指にからみつく。

されど、文《ふみ》を読むことに倦《う》んで戸をあけ放ち、荒れるがままの庭の向こうより夕風を呼び寄せていると、忘れたくて捨て置いてきた自らの境遇が、ひややかな風を引きつれて這《は》い寄ってくる。

「申し上げます」

声が響き、さて、誰の声であったかと思いかえすうち、

「野狐《やこ》にございます」

墨絵をおもわせる、小さくもうるわしい影があらわれた。

その若くしなやかなからだを備えた野狐は、もしや、わたくしの来し方に関わる、誰ぞの化身なのであろうか。

「どうされました」

音もなく野狐は間近にまで忍び寄り、月の光を宿した瞳でこちらを見据えている。そのたたずまいには、こころよからぬところがひとつもない。隠し持った針を、いきなり突きつけてくるような狼藉は微塵《みじん》も感じられぬ。

「野狐様は、わたくしがどのような道をたどってきたかご存じなのですね」

「いいえ」

野狐は目をそむけて、庭の彼方を見やった。

「わたしは存じ上げませんが、黙蓮寺の和尚殿が、貴女の身の上を案じておられます」

「和尚様が」

「はい。この夕べに、糸のほつれが、かくもいたわしいと」

異なことである。その心がわからない。

わたくしの胸に宿った思いが、この夕風をつたって和尚の心にも宿ったというのか。もし、わたくしのあずかり知らぬ加持《かじ》の力により、捨て置いてきたものがさとられているのであれば、断ったはずの糸が、わたくしの指のみならず、印を結んだ和尚の指にもからみついたということになる。

異なことだ。

「お連れしましょう」

背を向けて庭を行く野狐を追い、わたくしは、夕闇に沈む草むらに足をからめとられぬよう、黙蓮寺への道のりを、常より慎重に歩んだ。

＊

「それで、その娘は、いまどうしておられるのですか」

わたくしが問うと、次の間につづく襖《ふすま》を顎で示し、

「そこに寝ておる」

和尚は、一層しわがれた声でこたえた。

寺に迷いこんできた娘が、昨晩より、そこに眠っているという。

「昨夜は、めずらしく胸さわぎがおこり、なにごとかと裏の塔婆《とうば》をあらためた。すると、覚えのない花の香りがただよい、どうやら、白粉《おしろい》の香りと思われる。されど、狐狸がかけまわるこのようなところに、女人の甘い香りなどただよいはせぬ。夜も更けていたので、松明《たいまつ》をかかげて確かめれば、若き娘が塔婆にもたれて眠っておるではないか」

和尚は自らの眉を指の腹でそっと撫でた。眉に混ざりはじめた白いものが気になるのか、いつからか、和尚は心が定まらぬと、その癖が出る。

「貴女に出逢ったときも同じ香りが匂い立った。すっかり忘れておったが、香りというのは、消えいったものを、にわかに呼びもどす」

「その娘は、なにか申しておりましたか」

和尚は、また眉をひと撫でしてうなずいた。

「首を打たれるようなことをした覚えはありませぬ、と寝言を申された。それだけじゃ」

わたくしは、身の内に渦巻くものをおぼえた。

「その寝言を耳にして、貴女も、かつて同じ言葉を口にしたのではなかったかと、香りもろとも蘇った。しかしながら、口惜しいことに、わしの頭はかつてのような冴えを逸しておる。仕方なしに、野狐を通じて神託をうかがったところ、貴女であれば、娘の正体を見きわめられるであろうと」

「その娘は、巷《ちまた》より逃げのびてきたのでしょうか」

わたくしは声を落とした。

「おそらく、そうじゃろう」

和尚も声を落とした。蠟燭のほむらが揺れている。

「どの道、寄る辺ない身であろう。ゆかりなきところに迷いこみ、やむなく、仏の導きに委《ゆだ》ねたのじゃ」

けわしい顔でわたくしを見ていた。

「あわれにも、娘の袖がほころんでおった。糸がほつれて、いかにもいたわしい。たしか、貴女もそうであった」

わたくしは、息がつまるようだった。

「歌よみであれば、胸の内に渦巻くものを言葉にかえて、葬ることができようものを」

わたくしには、そのような心得がない。

「いや、歌にせずとも、貴女がこの娘のあわれに向き合えば、渦巻くものを退治できよう」

和尚は口の端をゆるめた。

「なに、わしの智慧ではない。よもや、神託でもなかろう。すべては野狐の考えじゃ。わしが、いかに理を尽くしても、花の香りには踏みこめぬ。神を知る野狐に性別はない。オスでもメスでもなかろう。どちらにも優る野性の豊饒をたずさえておる。いっとき、野にかえることだ。ここはひとつ、もと居たところへ立ちかえり、貴女が封印しておった花の香りに、いまいちど身を寄せるよりほかなかろう」

＊

娘のからだは霞を背負っているかのようで、その寝息は、いかにも安らかに、わたくしの耳もとに届いた。

「お供しましょう」

帰途もまた、野狐に導かれ、わたくしに背負われた者は、ついぞ目をさまさない。

「この娘は、どなたなのでありましょう」

あらためて、野狐に問うた。

「傀儡女《くぐつめ》の末裔《まつえい》と聞けば、もしや、貴女にも心あたりがあるのでは」

野狐は、それ以上のことを口にしなかった。

あれほど、我が身を護っていた花の香りが、いまは、むせ返るようで、そうおもうと、途端に背負っていたからだが重たくのしかかってくる。

傀儡女は時のうつろいにおされて滅びゆき、わたくしがそうであったように、いつとなく、遊女と呼ばれる次第となった。

娘のからだばかりか、前へ進む足どりも重たくなり、ついに立ち尽くしたわたくしを、野狐が振りあおいだ。

「からめとられています」

草という草が渦《うず》を成し、野の力を誇示して、わたくしの足にからみついていた。

娘の袖口から垂れている糸のほつれに目をとめる。

草の渦は、野狐がまじないを唱えるなりほどけたが、糸のほつれは、風にあおられて、命をあたえられたかのごとくふるえていた。

その糸のふるえを睨《にら》みながら、ようやく庵に帰り着き、わたくしは娘のからだを床《とこ》に横たえた。

血のつながった者ら、もしくは、つながっていないとしても、それ以上の絆によって結ばれた者ら、そうした衆をも向こうにまわし、この娘は、あらゆる糸を断って、このようなところへ、ようよう辿《たど》りついた。

姿を見て、ひと目でそうと知れた。河原からの風が吹く界隈で、汚れた金銀を手にした男どもに、そそのかされた。そそのかされて春をひさいだ。まともに眠ることすらなかったのか。この眠りの深さが物語っている。

そうした一切が、時をさかのぼったところへ、わたくしを連れもどした。

ほのかなあかりが灯された薄暗い寝間がひとつあれば、わたくしのつとめは事足りた。

「お前の話は、まことに趣致《しゅち》に富んでおるな」

最初にそう云ってくださったのは、さて、どのようなお方であったか。

「話を聞くのに夢中になって、夜が明けてしまったではないか」

たまさか、そのような一夜があり、その一夜から、わたくしは夜の語り手に徹して、物語ることが、我が身を護る手立てになると覚えた。

語るべき物語は、尽きせぬほどある。

母からの賜物《たまもの》であった。

そもそも、わたくしが物語というもの、すなわち、事の次第をもとめるようになったのは、ほかでもない、母にめぐらされた事の次第を知りたいとねがう思いに端を発している。

母には、わからぬことが多々あった。どのようなところに生まれ、どのように育ち、どのような娘として過ごしてきたのか。

母自身は、なにも語らなかった。語れなかったのだ。

母は、声を喪《うしな》っていた。

その立ち居振る舞いからして、皆とあきらかに違っていた。いま思えば、それは、雅《みや》びな所作であったのだと云えようが、未熟な子どもであったわたくしには、とうてい理解がおよばなかった。

そのような折に、伯父上が口にした言葉が耳にのこされた。

「お前の母は、さる貴い方に仕えていたのだ」

身のまわりのお世話をして、侍女《じじょ》のつとめをまっとうしたという。

とりわけ、夜伽《よとぎ》に物語る逸話が大いに気に入られ、語りばかりをせがまれて、側室になる機を逸した。子をつくるのではなく、「話のつづきをせよ」と閨《ねや》に招かれた。そのたび、いったいどこで覚えたのか、諸国につたわる巷談《こうだん》、綺譚《きたん》の数々を、夜が明けるまで語りつくした。

「しかれども、あまりに語りすぎて、あのように声を喪ったのだ」

おりおりに聞きおよんだ伯父上の話をとりまとめる限り、母の身の上は、そのような次第であった。

父は若くして世を去り、母も早々に亡くなって、伯父上もまた病に伏した。わたくしは、身を立てる必要があった。

はからずも、都よりはなれた散所に身を置いた巫女《みこ》にひろわれ、魔を祓《はら》うだけではなく、呪詞《じゆし》を習って、霊を引き寄せる術を仕込まれた。

すでに、この世からいなくなった者の魂を呼びもどし、自らの魂と同化させて、その声が口からこぼれ出る。この術を習得し、こころみとして最初に呼び寄せたのは、母の霊だった。

一度も耳にしたことのない母の声が、わたくしの口からよみがえる。

のぞんだのは、母から声を奪った物語の数々であった。かつて、それらの話が、母の声と引きかえに、幾夜にもわたってもとめられた。されど、当然ながら、わたくしは、ひとつとして聞いたことがない。

どんな話であったのか、知りたかった。

かくして、夜が来るたび、母の声と母の語る物語を取りもどした。わたくしにしてみれば、母の夜伽を独り占めする心地だったが、時を同じくして、町なかの男衆は、町なかの巫女に夜伽をもとめるならわしとなっていた。

非情なめぐりあわせである。

されど、結果として、わたくしは母の声にすくわれた。声によってよみがえった物語に、男たちは夢中になり、夢中になるあまり、魂を抜きとられたかのごとく、猛々《たけだけ》しいふるまいを自ずと控えた。

のみならず、わたくしもまた、母の声色に、またとない安息を得た。

そうして、どれほどの時が流れたあとであったか、母の魂を呼び寄せなくとも、わたくしの身の内に物語は宿り、母の声は、わたくしの声となって、それからまた、あまたの夜を数えた。

*

一夜明けても、娘は眠りつづけ、夕方の近づく頃合いになって、ようやく目をひらいた。

「よい夢をご覧になられましたか」

声をかけてみたものの、娘は言葉をかえさない。

なにかに怯《おび》えているようでもあったが、なぜかしら、心惹かれるところがあった。まだ夢を見つづけているのか、ここではない遠くを望んでいるような瞳は、はかなげに澄んだ光を映している。

「食事をなされたらよいでしょう」

大したものではないが、いっとき空腹をいやすには足りるはず。

娘は半身をおこして息をついたが、わたくしが差し出したものに口をつけなかった。はかり知れない悲しみに、その身が充たされているのか。もし、そうであるのなら、いかにもむごいことだ。

「話すことで楽になるのであれば、どうぞ、わたくしにお聞かせください」

そう伝えても、やはり口をひらかない。

ふいに、娘の袖口からほどけおちた一本の糸が、いまふたたび目にとまった。昨夜に増して、ほころびは際立ち、糸はあたかも触手をのばすかのごとくうごめいている。

なにやら、そのほつれが、我がことのように悩ましい。

といって、いきなり、糸切り歯で断つのは、さすがに不躾《ぶしつけ》であろう。

思いかえせば、事の起こりは和尚のつぶやきを野狐が伝えてくれたところより始まっている。

いわく、「糸のほつれが、かくもいたわしい」と。

和尚は、娘に見てとった心身の傷やほつれを、わたくしであれば修繕できようと高をくくっている。老僧は知らないのだ。わたくしが、ことのほか糸の扱いに不案内であることを。

されど、いくら世の習いに背《そむ》いて隠棲を決めこんでいるとはいえ、わたくしのもとにも、小刀のひとつくらいは用意がある。「護身用に」と伯父上が持たせてくれたものであるが、幸いにして出番もなく、いつよりか、仕舞いこまれて、刃《やいば》はこぼれつつあるに相違ない。

（はたして、役に立つものかどうかは知らねども）

娘に背を向けて小刀を取りに立ち、手にして鞘から抜き出すと、刃は思いのほか冴え冴えと輝きを保っていた。むしろ、娘の眼前で閃《ひらめ》かすのが躊《ちゅう》躇《ちょ》されるほどであったが、「糸を断つのです。心配は無用です」と説き伏せればよいことだ。

しかれども、床にもどると、娘の姿が失せていた。

さて、これまでのこと、すべては夢なのかと、姿のあったところに触れてみれば、人のかたちにぬくもりが残されている。

のみならず、袖口より垂れていた糸のほつれが見出され、たぐり寄せようとするも、糸は指先にからみついて、ぐいと引きつけられた。

糸は庭にのび、草むらを走って、その向こうの森林の奥につづいている。引きつける力に、あらがえばあらがうほど糸はからみ、ついには、指から這い上がって、かいなにまで及んできた。

わたくしのからだは、あっけなく庭に引きずり出され、草むらを行き、糸に引かれるまま、森の匂いに包まれて、なおも進みゆく。

なにゆえか。なにゆえ、わたくしを引きもどすのか。

時あたかも夕暮れで、樹々にかこまれた視界はただ暗く、凜と張りつめた糸だけが、銀色の光を集めている。

野狐が申していた。和尚様は、わたくしの身を案じていると。

その言葉の示すところが、このような沙汰であるのなら、案じられた我が身は、どこまで引きもどされよう。

わたくしは、しりぞくことを好まない。しりぞいたところに、まことの自分が構えているのだとしても、わたくしはもう、そちらにはもどらない。たとえ、行きついたところがひと気のない心さみしいところであろうと、わたくしは、ひとり静かに、自らの選んだ道を尊びたい。

「さぁ」と声がこぼれた。

それはしかし、わたくしの声であったろうか。

「断つのです」

母の声だった。

光も届かぬのに、糸は銀色の光をきらめかせ、わたくしのからだを、森のただなかの、ほの暗いところへ縛りつけようとしている。

されど、自由を奪われかけた手が、ふところの小刀をつかみとり、

「さぁ」

母の声を発するなり、銀色の糸に刃をあてた。

ただちに音もなく糸は断たれ、銀色の輝きは、わたくしのからだより離れて息絶えた。森を支配する魔が力を逸し、糸はきらめきが失せて、まことの姿へもどされる。

その正体は、緑の萌える蔓草《つるくさ》のひとむらであった。

蔓草は枝葉をのばし、見る間に白く小さな花が咲きみだれると、夕闇の底で、誰に知られることもなく黙していた。

その花の香り。

甘く、やるせなく、なつかしくも、こころもとない。

目をつむり、わたくしは陶然となって、しばし花とひとつになった。しかれども、わたくしはもう、そちらへもどらない。

意を決して、香りに背を向けると、振りかえることなく、花から離れた。

「また、いつか」

こぼれ出たひとすじの母の声が、森にとけて、静けさに消えいった。

虹喰い

わざわざ、馬を走らせて文をとどけるとは、松岡氏のしたり顔が、まざまざと思いうかぶ。

はて、何事かとおもわせて、その実、文の中身は、さほどでもない。

書院の奥の間に日参する男がいて、男は、わたくしの話をききたいと申しているとのこと。

「急を要するとはおもえぬが、男はいかにも急《せ》いており、日参しているゆえ、いらっしゃるのは、いつでもよろしい」

氏は、そうしたためていた。

母より継いだ血のさだめで、「話をせよ」と、せがむものはあとを断たない。夜伽の閨《ねや》から身をひきはなしても、なお、こうしてつきまとう。

されど、わたくしの興味は書院の奥の間にあり、常なれば、「これより

先は通されぬ」と松岡氏が立ちはだかる。それがどうしたことか、

「奥の間にて、お待ち申し上げる」

とあるではないか。そうとなれば、この機をのがす手はない。

さりとて、文を読んで、ただちに赴《おもむ》くのは、なんだか憎らしい。

松岡氏の導きによって、いまのわたくしの身があるのはたしかなことであるが、氏の少々意地の悪い物云いには、素直にしたがう気が失せる。

あえて、一日の間をおいて、都へ馳せ参じた。

都のにぎわいは訪《おとな》うたびに増してゆく。さまざまな色がならび、とりわけ、あざやかな色を擁した品々が、輝きを放って、いちいち、こちらの目を誘ってくる。

扇の青。簪《かんざし》の赤。饅頭の白黒。櫛《くし》の銀細工。

世に怪異は数多くあれど、さて、色とは何であるかと、その正体を見きわめるのもまた愉しかろう。けだし、色なるものをつかみとれたら、この世の一切が解せるかもしれない。

とはいえ、色に目をうばわれて、往来にたたずむのは禁物である。

人目を忍んで大路の裏へとまわり、ひとけのない路地を抜けて、書院のある屋敷に参上した。

たまさか、町なかで呼びとめられてしまえば、返事をせずに通すのはむずかしい。わたくしが縁を断って背いたものを思いおこせば、うかつに巷の者らと言葉を交わすわけにはいかない。

都そのものと縁を断つのが、よりよいと心得てはいるが、書院に蔵される巻子《かんす》や冊子の見事さは、容易に捨ておけない。

ましてや、奥の間への入室がゆるされるとなれば、これまで触れることすら叶わなかった秘蔵の書に近づける。

「お待ちかねである」

松岡氏に迎えられ、そのまま書院をぬけて、奥の間に通じる衝立《ついたて》の向こうへ足を踏みいれた。

「これは、どうぞ、見なかったことに」

氏は壁のひとつに手をあてがい、ぐいと力をこめて押すと、どのような仕掛けであるのか、壁がまわり動いた。あたかも、こちらとあちらが入れかわったかのようで、まばたきをする間もなく、光を絶たれた匣《はこ》のなかに閉じこめられた心地である。

暗さのなかに油の匂いと、ほのかな明かりがひとつ。周囲が書棚であることは気配でうかがえたが、無念にも、その書目をたしかめる間がない。

「お待ちしておりました」

覚えのない男の声が闇に響いた。

鼠の走る音に次いで、松岡氏が廊下を去りゆく足音がかさなる。

「ここに収められた書の多くは、それがしが集めたものです」

なるほど、それゆえ、この「それがし」は奥の間への出入りを許されているのか。

「いにしえより伝えられた、おかしな話に興をひかれまして。聞けば、貴女もそうであるとか」

「ええ」

わたくしは、その者の面貌《めんぼう》を見定めようとしたが、いかんせん、暗さに目が馴染まない。

「身をやつして、これほどの書を集めたのですが、どうしても見つけられない逸話があるのです」

その者の言葉に、「さて、それはどのような」と、わたくしはすでにひかれつつあった。

「光を食《は》む者の語りです。もしや、貴女であれば、そのような話をご存じではあるまいかと」

次第に目が馴染んでくると、その者は歳をかさねた年長者にあらず、青白き白目を有した若人《わこうど》であった。この意外に、わたくしは身構え、この者の問いかけに応じるのは、様子を見てからの方がよろしかろうと胸の内に唱えた。

そもそも、光を食む者の語りなど覚えがない。

されど、若人は、

「率直に申し上げれば、それがしは、自らが光を食むことを望んでおる」

まっすぐに、そう述べた。

「ご自身がですか」

「左様。これには理由《わけ》があるのです」

「光を食す必要があるのですね」

「そういうことです。もし、ご教示願えるのであれば、貴女がもとめておられる、羽あるものについて、お話しできるかもしれません」

わたくしが、羽あるものにまつわる伝説をもとめているのを、松岡氏より聞き及んでいるのであろう。このような交渉は決して望ましくはないが、たちどころに、心が浮き立ったのも、また否めない。

わたくしは、よからぬ思いにとらわれていた。

光を食む者の語りなど、ひとつも持ちあわせていないのだが、あたかも袂《たもと》に隠し持っているかのようにふるまい、欺《あざむ》き通した挙句に、こちらが望むものを引き出せないものかと、あさましい心根におちいった。

「もし」と男は声をひそませる。「もし、話の交換に同意してくださるのなら、今宵、龍昇沼《りゆうしようぬま》のほとりにある吾家《わがや》にて、お待ちいたします」

「いま、ここで交換するのではなく」

わたくしが問うと、

「羽あるものをめぐって語るには、夜を待つ必要がありましょう」

途端に、その者は口をおさえ、なにやら口中より溢《あふ》れ出そうになるのを、こらえる仕草を見せた。

おそらく、若人はわたくしに話をもとめておきながら、じつのところ、自ら語りたい何ごとかがあるのだろう。そうであるなら、無下に断るわけにもいかない。

庵へもどるまえに黙蓮寺のあたりへ遠まわりしたのは、なにかしら勘のようなものが働いたからで、これは、生き死にに関わる重大事ではなく、腹の虫が騒いでそうなった次第である。

案の定、よい匂いが漂い出ていた。

かぐわしく、うっとりするような花の香ではなく、この場合のよい匂いというのは、腹をみたすものをもとめる、わたくしの欲を刺激するものである。

たしかめるまでもなく、寺の上に狼煙《のろし》のごとき煙がひと筋のぼっていた。

夕方を前にした空へ吸いこまれていく。

何かよいことでもあったのか、和尚が馳走をこしらえているのだろう。

かたちばかりに戸を敲《たた》き、石塀に沿って足早に進むと、たどり着くまえに和尚の声が耳にとどいた。相手をしているのは野狐であろうか。

「たまたま、通りかかりましたので」

見えすいた嘘を口にしてみれば、

「鍋の匂いにつられて参ったのだな」

つくづく、和尚には嘘をつけない。

されど、反省のときは束の間で、囲炉裏《いろり》に据えられた鉄鍋は、ぐつぐつと音をたてて、野の幸、山の幸、川の幸がふんだんに放りこまれている。

「なにか、よいことでもあったのでしょうか」

「なにもないことが、いちばんのよきことではないか」

和尚は澄まし顔で取りあわない。

いや、そのようなことは、もとよりどうでもよく、馳走にあずかる有り難みが身に沁みた。

とはいえ、寺の堂内で酒席を催すのは大いに憚《はばか》られる。

和尚当人の言を借りるなら、「悪僧ゆえの放埒《ほうらつ》」で、おのずから悪ぶってしまえば、咎める者もあらわれない。地上の足かせから解かれたよろこびがそこにはあり、もしや、彼岸とはこのような愉悦に満ちたところではないかと、身勝手な夢想がよぎった。

和尚は、先刻より野狐と酒を酌み交わしていたのであろう。ほどよく酔いがまわって快いのか、いつもは血走った目を剝《む》いているのに、今宵は機嫌よく目を細めて、鍋の湯気を愛おしんでいた。

されど、すすめられた杯《さかずき》を、わたくしが押しかえしたのをいぶかり、

「さて、貴女は、これから針仕事でもなさるのか」

さもおかしそうに、野狐に同意をもとめた。

野狐の眼光は、このようなときであっても、酒に溺れて輝きを逸することはない。

「どちらかへ、おいでになられるのですね」

落ち着きはらって、そう宣《のたま》った。

「じきに陽が落ちるぞ。こんな晩に、どこへ行こうというのじゃ」

和尚の問い詰めに、「龍昇沼へ」と、つい口からこぼれおちた。

「龍昇沼となれば、森をひとつ抜けなくてはなりません」

野狐が、めずらしくも、眉をひそめている。

「いかな猛者《もさ》であっても、尻込みするような異境です」

そう聞いて、わたくしはむしろ、我が意を得ていた。肝がすわった、と云うべきか。もしや、かの若人は、わたくしをたぶらかそうと目論んでいるのではないかともおもわれたのだが、野狐が難儀を示す異境となれば、羽あるものの消息をもとめるには、恰好の場となる。

「行かれるのですか」

野狐の声色に、わたくしの身を案じているのがうかがえた。

「お供しましょう」

野狐がそう云うなり、和尚が破顔した。

「貴女は、その言葉を待っていたのであろう」

なにもかも、お見通しであった。

*

夜の森はいかにも重たげである。

見知らぬ森であれば、なおのこと。

まっすぐに立てた野狐のしっぽが青い炎に化け、松明《たいまつ》のかわりとなって、四方の樹々を照らしていた。

わたくしひとりきりであったなら、早々に退散していたに違いない。

「それでも、貴女は行かれるのですね」

こちらの胸中を読みとったかのごとく、野狐がつぶやいた。

「御身を、これほどのあやうさにさらしても知りたいことがある。なにゆえでしょう」

野狐が、そのような問いを投げかけてくるのは覚えがない。

されど、こうした場面において、わたくしは和尚のように機転がはたらかない。素知らぬ顔でやり過ごす処し方を体得していない。

「いえ、おこたえにならなくても、かまいません」

野狐の方が察しが早かった。

けだし、この清らかな野狐は、見てくれどおりの小さな生きものにあらず、万物に通じた神の遣いではなかろうか。

であるなら、このような道筋をたどることなく、野狐に、羽あるものの消息を問えば、ただちに答えを得られるはず。

「いえ、野狐は神ではなく、せいぜい、森の遣いでしかありません」

やはり、心を読まれていた。

「この世は解せぬことばかりです。野狐はなにも知らないのです。知りたいとも思わないのです」

それが最もいさぎよい。

そのような境地に至るには、まだまだ精進が要る。知りたい、と思いが募るようでは、いざ、この世を去らんとするときに、未練がのこされる。

「しかれども」と野狐がつぶやいた。「貴女は今生《こんじょう》に未練をのこさぬために、なにごとかを探しているのではありませんか」

　はたして、そうなのであろうか。

　どのようなさだめが我が身に託されているのか、わたくしには計り知れない。脈々と流れる川のごとき何ものかが、この身を動かしている。

　おそらくは、こうした野狐との語らいが、時の流れを異なものに変え、幾夜もさまよっていたはずの森での迷いが消えて、いつのまにか青白い道筋となっていた。

　したがって、どれほどの時が過ぎたのか、了解できぬままであったが、

「あれが、龍昇沼です」

野狐の声をきいたときには、沼をなぶった冷気が頬にあたり、水の匂いと土の香りがひとつになって、わたくしを抱きこんでいた。

沼の大きさは、さほどでもなかろう。汀《みぎわ》に立って目を凝らせば、対岸の森の深さまで見てとれる。

若人が住まうという沼のほとりの小屋は、この異境のただ中に、置き去りにされたものとして映った。

そこだけ、別の刻限に縁どられているかに見える。

気づくと、野狐の尻尾の青い炎が消え、その姿もまた失せて、わたくしはいつよりか、かの若人と対峙《たいじ》して、小屋の中の板の間に在った。

和尚にすすめられた杯をかたくなに断ったというのに、あたかも酒に酔ったかのように、時がこわれて、たびたび、跳ねて飛ぶ。

「その沼には、それがしと心を通いあわせた赤い魚がいるのです」

若人は、前置きもなしに語りはじめた。

「人のこころをもった魚です。名はありません。貴女のように、綺譚を収集する方であれば、説明は不要でしょう。人知れず世の隅に身を隠すものです」

「もしや、あなたもそうなのですか」

「いいえ、それがしは、水のなかに棲《す》むものではありません。ある日、見つけてしまったのです。女の魚が、息も絶え絶えに森のなかで横たわっていたのを。女の魚は言葉をもちません。されど、心は通いあいます。海より来たのだと申しました。生まれてこの方、ただ海に生きていたのだと。ところが、嵐の去ったあと、海より大きな虹が立ち、空の上に尋常ならざる弧を描いて、陸地の森へとつづいていたというのです。女の魚は、その虹の力に依りて海より吸い上げられ、中空を舞い、右も左もわからぬまま、森まで運ばれてきたそうです」

　熱をこめて語りつづける若人の目にわたくしはひかれた。その瞳は、水よりも光よりも澄んで輝いている。

「それがしは、女の魚を海へかえしてやりたいのです。伝え聞くところによれば、その名のとおり、この沼から、水しぶきをあげて巨大な龍が天に昇ったと云われております。そのとき、さまざまな色の光が溢れかえったとも云われ、それがしの見立てでは、伝説の正体は、沼から立ち上がった虹ではなかろうかと」

　若人によれば、女の魚はからだが弱っており、陽の光を浴びると、たちまち全身が縮こまってしまうという。それで、海へかえすとなれば、夜半《よわ》に決行する必要があり、はたして、夜の沼から虹を立ち上がらせることはできるのかと、故事にその術《すべ》をもとめた。

　すると、「昼のうちに蓄えた光を用いればよい」という一文が見つかり、

「そのためには、光を食む術を身につけなくてはならぬ」とあった。「存分に光を食み、夜の底にて、食んだ光を口中より放てばよい」と。

　わたくしに、もとめられていたのは、その仔細な手引きであったのだが、話を聞くほどに、いよいよ、こたえようがなくなっていく。

　しかしながら、

「盥《たらい》に、清水をためればよいのです」

　突然、わたくしの口から、母の声がこぼれ出た。

「月の満ちた夜に、森の泉から汲みとった水を盥に張り、水面に月を映して、その水を飲みなさい」

　母の声がそう申していた。

「虹によっておくられてきたものは、ふたたび、虹によって、もといたところにかえしてやればよい。そのような云い伝えを聞いたことがあります。大きな虹が立った夕方に、空から真っ白な虎の仔が一頭、降ってきて、その白い虎の仔は、帰りたい帰りたい、と鳴きやみません。虎の仔を拾いあげた男は困りはて、山奥の祠《ほこら》を訪い、ときおり祠にあらわれる神様の降臨を待って、虎の仔を、もといたところにもどす術を尋ねました。すると、神様は、盥に汲んだ泉の水に映った月を飲みなさい、と申したそうです。月の光を体のなかにとどめ、それを、ひと息に放てば、大きな虹が立つであろうと」

　若人はしきりにうなずいていた。

「わずかばかりながら、太陽を仰いでは、光を食んでおりました。ですから、いくらかの蓄えはあるのです」

　若人が口をすぼめて、蠟燭を吹き消すように息を吐くと、息が玉虫色の光を帯びて、虹のごとく小さな弧を描いた。

「さりとて、これでは、ご覧のとおり小さな虹しかつくれません。どのようにすれば、より大きな光を食むことができるのか、その術がわからなかったのです」

　得心した若人は、わたくしに礼を述べ、沼の汀にわたくしを誘って、水面を眺めた。

「女の魚は沼のなかで息をひそめています。どういうものか、生き別れた妹に似ているのです」

見過ごしてしまうほど小さな泡がひとつ、沼の深みから立ちのぼって、水面にてはじけた。

それより、ほどなくして月満ちる夜がめぐりきたり、わたくしは庵の庭に出て、野狐と共に空を見上げていた。

「そういえば」

野狐が思い出したように声をあげた。

「貴女は、あの若人から、羽あるものの話を聞きませんでした」

「ああ、そうでしたね」

すっかり失念していた。

「またいずれ、うかがえることがあるでしょう」

失策に苦笑し、目が泳いだその刹那《せつな》であった。

あの森の向こうに、夜空を切り裂くがごとく、色あざやかな虹が立ち上がった。

虹は、途方もない生きもののように、色の道をどこまでも延ばしていく。

森の彼方の海にまで延び、目がくらむように輝いて、光の弧を描いた。

夕舟

予兆は、ひもといた書の中より、あらわれ出た。

紙面の文字が、まずは蠢《うごめ》き、目を瞠《みは》るわたくしを嗤《わら》うように、次々と文字が剝がれおちた。

もしくは、煙のごとく文字が紙より立ちのぼり、宙にとけて、すぐさま見えざるものとなった。

このようなことは、夢に見たおぼえもない。

紙より文字が剝がれおちれば、あとには白い紙ばかりが残される。

わずかながら消えのこった文字のかけらが、あたかも砂に見えて、さらさらと机上にこぼれ散った。

これまで、書の修繕については、都のはずれに工房を構える、修繕師の鞠村氏《まりむらうじ》を頼りにしてきた。虫喰いのひどいものや、水を吸って、ひらけぬようになってしまったものなど、傷んだ書をたずさえて、川のそばにある工房を訪ってきた。

此度《こたび》もまた。

「と、かような次第でありまして」

こぼれた文字のかけらをかき集め、もはや、白い紙の束と化した書と共に鞠村氏へ差し出した。

氏は一見、気難しそうではあるが、その実、飄々《ひょうひょう》として、なにごとにも動じない。年齢は知らぬが、とうに若くはない。さりとて、微塵《みじん》も老いなど感じられず、さて、どのような道を歩んで、そこにおられるのか。まずは、修繕師にしておくのがもったいない、肝のすわった大人《たいじん》であった。

「ほう。これはまた異なことで」

氏は、わたくしが差し出した書をあらため、文字がことごとく失せているのを見定めた。

「このような椿事《ちんじ》は、それがしも、はじめてです」

「どうして、このようなことに」

わたくしとしては、無論のこと、書が白紙になってしまったことも残念であったが、眼前に起きている、奇怪のことわりを知りたかった。

「なにゆえ、このようなことが起きるのでしょう」

「なに、簡単なことです」

鞠村氏は、かような事態に際しても飄々とし、そればかりか、目もとに笑みさえもたたえている。

「察するところ、進みゆく時を、押しとどめるものがあるのでしょう」

「押しとどめるもの」

「ええ。ただし、それが、生きものの姿かたちを備えたものであるのか、それがしにもわかりません。おそらくは、われわれの認めるところを超えた尋常ならざるものでありましょう」

「見えざるもの、ということでしょうか」

「ふむ。たとえば、このように文字は目に見えるものでありますが、文字が指し示す物ごとは、ときに、見えざるものを含みます。文字は、見えるものと見えざるものの架け橋であり、それゆえ、双方にその身を委《ゆだ》ねることができるのです」

「その身を、ですか」

「いかにも。文字とて、人のなりを備えることがありましょう」

さて、と大いに首をひねりたくなるところであったが、鞠村氏が、そう云うのであれば、そういうものなのであろう。

「つまりは、その文字らは、時の流れに反しているのです」

そのようにおっしゃるのは、ながらく書の修繕をつとめてきた氏ならではである。

されど、文字に魂が宿されるのは、いにしえより云い伝えられてきたこと。であれば、格別な魂を孕《はら》んだ文字のいくつかが、人のなりを得てもおかしくはない。そのうえ、近ごろの目ざましき時の進み具合に異を唱え、言葉を成す役目を放棄してしまうのは、起こり得ぬことではない。

常なれば、そのような考えを、わたくしは持たないが、鞠村氏と対峙するうち、そうした奇怪も起こりうるのでは、と素直に感じ入った。

氏は云うまでもなく、わたくしもまた、常日頃、文字にかこまれて日々を過ごしている。ときに、文字が「生きている」とは云わないまでも、内にこめられた声をたてるのを、耳にしたおぼえはある。

「文字が、礼を告げた話を聞いたことがあります」

氏は、あらぬ方に目を向けておっしゃった。

「それがしが修繕を施した、とある巻子《かんす》が、その持ち主に感謝の辞を述べたというのです。傷をなおしてくれた礼として、まさしく、人に化けたかのように、丁重に述べたと」

そのときはまだ、鞠村氏のみならず、わたくしにもまた、微笑する余裕があった。されど、この数日ののち、ひもといていた書より、さらさらと音をたてて、ふたたび文字が文机にこぼれおちた。

「なにゆえでしょう」

わたくしは、誰へでもなく、書に向けてそう問うと、あたかも、わたくしの声に応じたかのごとく、文字は紙より剝がれおちることをやめて、それきり鎮まった。

されど、そうした一切が、ささやかな前置きにすぎなかったと知ったのは、鏡に映りこんだ、わたくしのおもてが、わたくしの顔ではないと見出したからである。

否《いな》、それはじつのところ、わたくしの顔なのであるが、ただいまのわたくしの面貌《めんぼう》ではなく、すでに通りすぎた、若かりし己《おの》が姿であった。

指先を頬にあて、肌理《きめ》であるとか、顎の輪郭であるとか、そうした、わたくしの顔をかたちづくっているものを、ひとつひとつたしかめる。すると、その指先の感触からしても、わたくしの顔が若がえっているのは、どうやら、たしかなことと思われた。

こうした事態が、自分の身の上のみに起きていることなのか、それとも、世にあまねく及んでいることであるのか。

戸惑いの果て、つい、いたずら心に気押されて、黙蓮寺の和尚を訪った。

「や、これはいかに」

和尚の声が、寺内の廊下に響きわたる。

若がえったわたくしを認めるなり、言葉を逸していた。

けだし、不可解なる何ものかに化かされるのはいただけないが、こちらが化かす身になってしまえば、なにやら、いちいちがおかしくて、化けものの心持ちがわかるというもの。

「どうなされましたか、和尚様」

知らぬふりをして、わたくしがそう問うと、和尚は、一旦しりぞかせた上体をもとへもどし、あきらかに畏れをいだきながらも、こちらへ近づいて、わたくしの目を覗きこんだ。

「さて、時がもどったのか。いまの貴女は、わしと出会ったころの貴女ではないか。なにゆえ、このようなことが起きているのじゃ」

「わたくしにも、解せないのです」

そう申し上げた途端、和尚の容貌が、あたかも雲ゆきがうつりかわるように、みるみると若がえった。わたくしは、なぜか、恐ろしさを通りこして、ついには笑い出していた。

「笑いごとではないぞ」

見事に若がえった和尚は、驚くばかりに見目麗しく、わたくしにしてみれば、はじめて拝見したお姿だった。

「和尚様、鏡はございますか」

と問うと、

「そんなもの、とっくに酒代にかえてしまったわ」

と、さもありなんの返答。

「だが、わかっておる。貴女の瞳のなかに、わしの姿が見えておる」

匂うような麗しき若人が、わたくしの瞳を見つめていた。

「これで、はっきりいたしました。どうやら、世にあまねく起きているのではなく、なぜか、わたくしをめぐって、時がもどりつつあるのでしょう」

「いかにも左様であろう。つい、いましがたまで、わしのこの手のひらは、しわだらけの老僧そのものじゃった。それが、見よ。これは、若かりし時分の、わしの手のひらじゃ」

「どうにも不躾《ぶしつけ》なことになりまして、すべて、わたくしのせいでございます」

「なにを申されるか。こんなに喜ばしいことはないぞ」

はたして、そうなのであろうか。

時の流れに背《そむ》くのは、世の習いに背くのに等しい。わたくしのあずかり知れぬ身の内に、世の流れに背く思いが隠されているのか。それが、かようなかたちとなって、災いをもたらしているのか。

「これは、災いではないぞ」

青年が、否、和尚が声も若がえって、爽快に宣った。

「つまるところ、皆がのぞんでおるのは、こうして、時の流れをとめることじゃ。とめるばかりか、さかのぼることが叶うのであれば、時の流れは、死に向かわなくなる。もっとも、そんなことになれば、わしのすることが無くなるのだが」

「時が死に向かわないとなれば、どこへ向かうのでしょう」

「それはまた難しい問いであるが、死のはじまりが生にあるのならば、さかのぼって向かうべきは、生のはじまりであろう。われらは、これより退行し、やがて、この世に生まれ出る以前の時にもどされる」

和尚がそうおっしゃったとき、若き和尚よりも、さらに歳若い少年が廊下の隅の暗がりに控えているのが窺《うかが》えた。容易に口をひらかぬその素振りは、人の姿を借りてはいるものの、ただちに、野狐のたたずまいをおもわせる。

「野狐であるか」

和尚の声に、

「はい」

とこたえた。

今度は和尚が笑い出す。

「驚いたか、野狐。お前は、人を化かすのが性《さが》であろうが、化かされた気分は如何《いかが》なものであるか」

「ただ、驚くばかりでございます」

そう云うなり、首をひと振りして、それきり語ろうとしない。

「これから、どうしたらよいのでしょう」

わたくしの問いは、和尚にも野狐にも受けいれられず、時がもどされるということは、それまで積み重ねてきたものが、皆、消えてなくなることなのか、と俄《にわ》かに心もとなくなってきた。

*

「それでまた、それがしのところへ」

鞠村氏を訪うと、氏は依然として変わらぬ年恰好のまま、わたくしの様子をしげしげと眺めた。

「貴女は、どれほどの時をさかのぼったのでしょうな」

教えていただきたいのは、わたくしの方である。

「なぜ、鞠村氏は若がえらないのでしょう。わたくしと言葉をまじえた者、たとえば、昵懇《じっこん》にしている和尚様などは、見る間に若がえったのです」

「それがしは、貴女と心を通いあわせておりません」

「では、心が通いあえば、わたくしの身に起きていることが、貴殿にも起こりうると」

「おそらくは、そのようにおもわれます」

「しかれども、鞠村氏は、この奇怪のことわりは、魂をそなえた書によるものと申されました」

「いかにも」

「貴殿ほど、書と心を通いあわせる方はいらっしゃらないのでは。仮に、わたくしの身に起きていることが、書にこめられた魂のなせる業であるとするなら、わたくしより、貴殿にこそ、この退行が顕《あらわ》れるのではありませんか」

「ええ。それゆえ、思い知ったのです。それがしは、書と心を通いあわせていないのだと。それがしは、傷んだ書をもとどおりにするのみで、貴女のように、書より聞こえてくる声と、言葉を交わしあうことはありません」

なるほど、鞠村氏は、迂闊《うかつ》に書のなかに踏みこむのを避け、いかなる場合にあっても、書の外にとどまって、冷静に事のなりゆきを見守っている。

「薬師《くすし》のように」

「左様。薬師のようにです」

「では、薬師として、わたくしの身を、どのようにご覧になられますか」

「さて」

そう申されて、氏が頭《こうべ》をめぐらせて見やったその先に、工房のすぐそばを流れる、ひと筋の川があった。

「川にもまた、魂が宿るのでしょうか」

工房を出て、氏と川面《かわも》を眺め、その流れが常とはさかしまの方へ、すなわち、下流より上流へ向けて流れているのを、大いに訝《いぶか》しみつつ見出した。

「川に身を投げて、魂をおとす者がいるでしょう」

鞠村氏は、一貫して飄然としている。

「であれば、川に魂が流れていたとしても、なんの不思議もありません。むしろ、時の流れを暗に示すものとして、これほど、ふさわしいものはないのですから」

川には一艘の小舟がつながれており、常ならぬ水の流れに揺られて、惑わされているようにうかがえた。

「舟は、どちらへ進むべきか、迷っているようです」

「では、たしかめてみましょうか」

鞠村氏は、かろやかに舟のなかへ身をうつし、舳《へ》先《さき》から、わたくしを誘って、ともづなを解いた。

すると、小舟は、それが当たり前であるかのごとく、たちまち、水の流れにのって、上流を目指し始める。

「大したものです」

鞠村氏は、感嘆の声をあげた。

「貴女に託された書の魂は、水をさかしまに流し、舟を動かして、それがしと貴女の身を、悠々、上流へと運んでいます」

それより先は、時がどのように流れたのか、わたくしには、はかりかねた。

ただ、川の水は、何かにあらがうかのように逆流をつづけ、川面には、赤や白や、いくつもの色を有した花がうつっている。

やがて、陽がかたむいて夕方を迎え、時をさかのぼるとはこのようなものなのかと、遅くもはやくもない、ほどよい流れによって進みつつあった。

「それがしは、夕方に生まれたのだと母より聞きました」

鞠村氏が、つぶやくかのごとくそうおっしゃった。

「そのせいか、夕方になると、まことの自分が、からだの奥より湧きあがってくるように感じられるのです」

「わたくしも、夕方のひとときを最も好んでおります」

舟が水を進みゆく音ばかりが聞こえた。

もし、夕方にひらく花があるとすれば、花のひらく音もまた聞こえていたかもしれない。

わたくしたちは、夕映えに染まり、ふと気づくと、鞠村氏の顔が、否、顔のみならず、体つきやその声色さえ、すっかり若がえっていた。

「これは、どうしたことか」

氏は夕方の気を吸いこんで、目をとじた。

「もしや、心が通いあったのでしょうか」

それにしても、舟はわたくしたちをどこへ連れ去ろうとしているのか。

和尚の声がよみがえる。

「向かうべきは、生のはじまりであろう」

そのうち川が尽きて、夕方も終わりに近づき、舟も静まりかえって、水の音《ね》がするばかり。

鏡がないゆえ、自らたしかめられないのだが、鞠村氏がおっしゃるには、わたくしは、すでに子どもの顔つきにまでもどり、つい先ほどまで、青年であった氏にしても、やはり、子どもと云ってよい顔にもどされている。

やがて、二人して舟底にうずくまり、声をうしない、視界が次第にせまくなって、勾玉《まがたま》のかたちに背をまるめた。

もはや、人の様を留めぬほどに縮んで小さくなり、彼我《ひが》の見境もつかなくなって、ただ気配だけのものになりゆく。

しかれども、ついに自分が滅びようとするその刹那《せつな》、

「流れよ」

鞠村氏の声が耳もとではじけた。

「これより、すべての水は正しき時の進みゆきにしたがって流れよ。高いところより低いところへ。この夕方より、あたらしい陽ののぼる朝に向かって、清らかに流れよ」

その声は子どものそれではなく、飄々とした大人の声にして、薬師の声

にもどされていた。薄目をあけて、その顔を見ようとするも、視界はぼやけたままで、澄みわたらない。

それからまた、どれほどの時が進んだのか。

薄目をひらいた向こうに夜空がひらけ、舟は迷うことなく、まっすぐ川を下っていた。さかのぼってきた景色がうしろへ遠のき、気づけば、鞠村氏の姿がそこにない。

わたくしはただひとり、生のはじまりより川を下り、折角《せっかく》、さかのぼってきた時をはなれて、ふたたび、巷に向かって進んでいた。

舟底の気配でしかなかったものが勾玉となり、そこから、人のかたちが芽ばえて、手足になったり、目や耳や鼻になってゆく。音をたてるほどの早さで髪がのび、川を下るにしたがって、艶《つや》めいた黒髪は、もとの白髪まじりにうつろった。

わたくしは、ふたたび、わたくしになりゆくばかりだった。

＊

薄目で見ていた光がまばゆさを増し、

「どうされました」

と声が耳にとどいて、顔をあげた。

文机には書がひろげられたままで、かたわらには、野狐のしなやかな体が寄り添っている。

「夢を見ていたのではないですか」

野狐はそう申したが、

「そうではない。夢ではないのです」

体のなかに、水の上を流れゆくさまが、まざまざと残されていた。

庭から夕方の風が吹いて書をめくり、文字は黒々と紙面を埋めて、もはや、こぼれおちることはない。

もし、あのままさかのぼる流れに身をまかせ、和尚の云う、「この世に生まれ出る以前の時」までもどされていたら、わたくしはいま、どのような景色のなかにいたのか。

「よい夢でしたか」

野狐の問いに首をかしげながら、そういえば、もどりゆく時のなかにおいて、野狐は子どもの狐にあらず、見《み》紛《まが》うことなき、ひとりの少年であったと思い出された。

廊下の隅の暗がりから、怯えたようにこちらを見るその瞳は、はかなげな光を宿して、いかにも、なにかしら云いたげであった。

彼方より

庭の草むらが割れ、草が立ち、草が沈んで、風を受けたかのごとくうねり始める。すると、そこにかならずや野狐の姿があった。

何をおそれているのか、

「参上いたしました」

と声を上げるまで、野狐はおのれの姿を、かように隠して参られる。

夜であった。

風はなくとも、涼むにはほどよい晩で、もしや、和尚様より月見の誘いでもあろうかと野狐のおもてをたしかめた。

「いえ、今宵の空に月はありませぬ」

野狐はこちらの胸のうちを透かし見ている。

「なにやら、貴女をお招きしたいところがあるとか」

「さて」

「お連れいたしましょう」

わたくしのこたえを待つまでもなく、ふたたび野狐は庭にもどり、草のなかへ沈むなり、その見事な尻尾を草むらに立てた。

「こちらです」

わたくしを誘っている。

誘われたわたくしのからだは身にまとった衣までもが軽やかになり、あたかも宙を歩むかのようで、足が地につかない。

いきおい、裸足のまま出てきてしまったのだが、どうしたものか、足うらが草を踏みしめることもなく、ただ悠々とからだが庭を進んでゆく。

野狐の尻尾をたよりに庭から森へと至り、難なく樹々をぬけて、はらりと巻子をとくように、時が駆け足になった。

「さて」

そこは森のなかに穿たれたうつろであったろうか。

もしくは、森をひとつ抜けた平原であったか。

「こちらです」

清々しいまでに樹々が排された野原に出ると、舞台とも破屋《はおく》とも見受けられるものが、野の中ほどにあった。

「よう参られた」

声が上がり、いつしか闇に慣れたわたくしの目は、木の香が匂い立つ舞台らしきものの上に和尚様の姿を認めた。

月のない夜である。

されど、この一帯のみが、ほのかな白い霧のようなものによって映え、夜の海より浮かび上がるかのごとく、わたくしと和尚様と野狐の姿を晒していた。

「ここは、どこなのでしょう」

「さぁ、わしも野狐に連れられてきたのじゃ」

「おや、そうでしたか。和尚様のお招きであると聞きましたが」

「はかられたのじゃ。もとより、狐は人をたぶらかすのが身上であろう。いまさら驚くことでもあるまい」

「申し訳ございません」

野狐の澄んだ声が、霧のごときものを払うように届いた。

「おふたりに申し上げたいことがありまして、このようなところまで、お連れしたのです」

「ここでなければ、話が通らんのか」

和尚様が訝ると、

「先だって、われらは時がもどされる機会に触れました」

野狐はわたくしの方を見て声を低くした。

「舟に揺られて時をさかのぼり、舟とともに時をくだって参られたと」

「はい」

「あのとき、わたくし自身もまた、貴女にめぐらされた時の乱れによって、変化を強いられました。自らの姿が人のかたちを成していることに気づいたのです」

「たしかに、そうであった」

和尚様が破顔された。

「わしはお前の賢さを知っておるから、その正体が人のかたちを成すものであっても、なにひとつ驚かぬ。やはり、そうであったかと得心したまでじゃ」

「わたくしは、いささか驚きましたものの、うすうす、そのようなことであろうと見当をつけておりました」

そう申し上げると、

「左様であるなら、わたし自身が最も驚いたのでしょうか」

野狐のなりは狐のままであったが、言葉をつらねるほどに、その身が人の姿にもどされていくようにもおもわれる。

「失念していたのです。この身におきたことを」

「云うてみろ」

和尚様は、白いものを交えた眉を太い指でひと撫でした。

「ここで、何ごとかが起きたのじゃな」

「左様でございます」

野狐は常よりもさらに目を細め、

「わたしはここへ流されて参りました。時の乱れによってです」

「野狐様も時をさかのぼったのですか」

わたくしの問いに、

「ええ、わたしはただひたすら時をさかのぼって参りました。遠い遠い、まだ見ぬ彼方よりです」

野狐はその清らかな瞳をゆうるりと閉じた。

「なんと」

和尚様の感嘆が四方へ放たれた。

「いにしえより参ったのではなく、まだ来ぬ先々の世から参ったのか」

「左様にございます。わたしは、ここへ流される以前、いずれ来たるであろう戦の世におりました。戦の只中に生を享け、戦の勇ましさと恐ろしさ、あさましき愚かさと大きな悲しみの只中におりました」

「まだ子どもであったのか」

「青年にならんとしているところでありました」

＊

お聞きください。

わたしには、じつのところ、母がふたりいたのです。

ひとりは、いまのわたしをこのように育ててくれた狐の母です。

本来であれば、「ひとり」ではなく一匹と申し上げるべきでしょうが、狐の母は、人から狐へと化けたわたしを、指の一本一本まで舐めるように慈しんで下さいました。

あの母は一匹の狐ではなく、ひとりの母に違いありません。

ええ。あの狐の母には、わたしを生んでくださった人間の母の魂が宿っていたのでしょう。

夜伽によって身を護られた貴女の母上の魂が、貴女の体を通して、しばしば顕《あらわ》れるように、狐の母は、人間の母の魂をわたしにもたらしました。

それにしても、魂とは何でありましょう。

わたしはそればかりをもとめて参りました。

それはどこにあるのか。

われらひとりひとりの、このからだの中にあるのか。

もしくは、からだの外にあるのか。外にあるのだとしても、おのれに含まれる何ものかであるのか。

たとえば、毛髪の一本一本に宿されているのか。

あるいは、瞳のおもてにきらめく硝子のごときものが、それなのか。

でなければ、獣たちにあって人に見られぬもの、尻尾や、牙や、たてがみといったものであるのか。

それとも。

それとも、貴女がもとめておられる羽がそうなのか。

貴女が、羽あるものにまつわる逸話を探しておられるのは、母上の魂を引き継いでおられるからでしょう。

すなわち、貴女の母上もまた、羽あるものを探していた。

世に語り継がれた万物に通じていた貴女の母上が、ただひとつ触れることが叶わなかったもの、それこそが、羽あるものであったのでしょう。

わたしの母は戦によって命を奪われました。

父もまたしかりです。

このまま放っておけば、いずれ、戦ばかりの世になるでしょう。その悲惨な有り様は、平穏な世を過ごしてきた者らには、どのような言葉や思いを尽くしても届きません。

身をもって戰をくぐり抜けてきたわたしであっても、あのような無惨を申し伝える言葉を持ち得ません。

しかれども、それでは、わたしがここへ流されてきたことわりが行き場を失います。

わたしが和尚殿のもとに身を寄せているのは、ながらく魂そのものと語りあい、分け隔てなく様々な魂を尊んできた和尚殿から、悲しみを言葉に置きかえる術を学びとりたいからです。

わたしは伝えなくてはなりません。

この先に起こり得ることが、いかに目を覆いたくなるものであるか。

命あるものを、ことごとくなぎ倒し、奪い取り、それでもなお、おのれを鎮めることが出来ぬ、巨大な化け物に目されるもの。

その化け物は、はたして、われらの外にいるのか。それとも、われらの内より出でしものか。

魂が判然としないように、この化け物の出どころが、われらには見定められないのです。わからないという一事が、われらにとって、最も恐ろしきものであるという、その恐ろしさ。

されど、目に見えぬ魂なるものを、わたしはひたすらもとめ、魂をしかとおのれの身につけることで、同じく目に見えぬものである巨大な化け物を退治できるのではと念じています。

目に見えぬものを制するには、目に見えぬものを味方につけるよりほかありません。

言葉をこえたところに、その恐ろしさが立ちはだかるのであれば、言葉をこえた石をなげうって、立ちはだかる巌を砕くのです。

わたしは、それを成しとげるために、ここへ流れつきました。

決して、あのような戦をおこしてはなりません。

無論のこと、いにしえよりの云い伝えも、われらに数多の教えを示すでしょう。過ぎたことは動かしようがないからです。

されど、これより到来する先々の物事は、われらの手によって、いかようにも変えゆくことが出来ましょう。

来たるべき彼方より遣わされたわたしは、魂の力をかりて、水の流れを変えなくてはならないのです。

すなわち、戰を回避するのです。それが、わたしのつとめです。

誰かに命じられたわけではありません。

わたしひとりの思いで、そのように決したのです。

*

野狐はところどころにながい沈黙を挟み、魂を探すかのごとく、言の葉のひとつひとつを探りながら語りつづけた。

「それで」

と和尚様が眉を撫でる。

「それで、お前はいかにして、このようなところへ流れついたのか。ここには川も海も湖もない。それとも、見えない川でも流れておるのか」

「この地は、戦によってことごとくこわされ、いずれ大きく姿をかえてゆくのです。遠くはなれた湖より水を引きこみ、川のないところへ川をとおすのです」

「ということは」

と、わたくしは問うた。

「野狐様は、この地へ川の流れによってたどりついたのですか」

「貴女が舟に乗って時をさかのぼったように、水と時とが、ひとつになってわたしを運びました。わたしが生まれ落ちた刻限をも過ぎ、生まれる前の時に至って、わたしはかたちを失くしたのです。いっとき、人のかたちを失い、気づけば、一匹の狐となって舟の上におりました」

「夢を見ていたのではあるまいか」

和尚様が口の端をゆがめると、

「いえ、夢ではないのです。この他へたどり着くと、ほどなくして川の水は引きました」

野狐は右の前脚でわれらをのせた床板を踏み鳴らした。

「しかし、ご覧のとおり、舟はいまもここにあります」

「なんと」

和尚様の声がいまいちど四方に放たれた。

「この舞台のごときあとかたは、舟の名ごりであったのか」

夕方の舟底でからだを丸め、流れゆく川に身をゆだねた、あの水の流れにして時の流れをおもった。

からだの芯に流れが呼びもどされる。

木の香りが匂い立つこの舟の残骸に身を置いていると、すぐにも時が流れ出し、見知らぬいずこかへ連れ去られるのではないかと、云いようのない不安にかられた。

「気負ってはならんぞ、野狐」

和尚様が申された。

「お前ひとりに何ができよう。しかしながら、お前のその意気込みは、わしの胸をうった。わしは、いずれ遠からぬ日に身を滅ぼすであろう。それまでは、お前の身を案じ、お前をたすけ、お前のひとりよがりを正すこととしよう」

わたくしもまた、心をひとつにする思いでうなずいた。

野狐が申された魂のありかが、もし、羽であるとすれば、われらはそれと知らぬだけで、誰もが皆、羽を有していることになる。

誰もが皆、等しく魂を有しているからである。

けだし、いにしえの人々には、その背に明らかなる羽が生えていたのではないか。羽は、はばたくものであり、はばたくものは、およそ天に通じている。そうおもえば、羽と魂が同一のものであると定めるのは、ひとつもおかしなことではない。

われらは皆、いつか身を滅ぼし、ひとりひとり天に帰りゆくことになる。

魂だけがのこされ、魂がはばたいて、滅んだ身を天に連れてゆく。


「そうであったか」

ふいに母の声がわたくしの口より溢れ出た。

「わたくしたちは、皆、羽あるものであったのですね」

「いかにも」

和尚様が目をとじた。

「口から口へと語りつがれてきた教えによれば、われらの背中にのこされたふたつの大きな骨は、羽あるものの名ごりであるとか。どのようなさだめによるものか、いつからか、人はその生を終えるときまで天に昇ることが許されぬ。魂も羽もじつに軽いのでな。しかと地に足をつけて、抱きとめておかねばならんのじゃ」

見上げた天に月があった。

いつの間にのぼってきたのか、霧のごときものは晴れ、舟の上に月の光がまっすぐにさしていた。

あとがき

「夜伽」という二文字を中心に据え、三名の主たる登場人物を呼び寄せて書きました。歴史に忠実ではありません。この国が舞台ではあるでしょうが、どのような時代であるかは特定しておりません。おそらくは、戦の時代へと移りゆく、その前夜であるように思われます。しかし、あくまでも仮想的な平行世界のお話です。そのうえで、ふだん使うことのない言葉と向き合う鍛錬を試みました。かねて、このような小説を書きたいと夢見ていたのです。ようやく叶いました。

　いかなる文体であっても、流れるように読めるものを目指しているのですが、今回ばかりは、流れに身をまかせるだけではなく、ひとつひとつの言葉を、小石を拾い上げていくように、ゆっくり読んでいただけたらと願っています。作者自身も、いつもの倍に及ぶゆるやかさを保ち、声を上げて自らの文章を読みながら書き進めました。

このお話は、この一冊で終わりではなく、この先に連なるものがあるように思われます。しかし、ひとまずは完結したものとしてお読みいただきたく、「一巻」と記した上で「ひとまき」と読み仮名を振りました。つづきを書く機会を得られましたら、次は「二巻」にてお会いできることでしょう。そうなることを願って。

いつもと勝手が違い、読みやすいものではなかったかもしれませんが、お読みいただきまして、誠にありがとうございました。深謝。

吉田篤弘

二〇二三年　冬の夜

本書は『こころ』第五四〜五七号に掲載された
「夜伽」を改題、加筆修正のうえ単行本化したものです。
なお「彼方から」は書き下ろしです。

吉田篤弘　よしだあつひろ

一九六二年東京生まれ。小説を執筆するかたわら、「クラフト・エヴィング商會」名義による著作と装幀の仕事を手がけている。『フィンガーボウルの話のつづき』『つむじ風食堂の夜』『それからはスープのことばかり考えて暮らした』『なにごともなく、晴天。』『レインコートを着た犬』『台所のラジオ』『金曜日の本』『神様のいる街』『あること、ないこと』『おやすみ、東京』『月とコーヒー』『チョコレート・ガール探偵譚』『流星シネマ』『ぐっどいゔにんぐ』『それでも世界は回っている』『中庭のオレンジ』など著書多数。

羽《はね》あるもの

発行日——二〇二四年一月二四日　初版第一刷

著者——吉田篤弘

発行者——下中順平

発行所——株式会社平凡社
〒一〇一-〇〇五一　東京都千代田区神田神保町三-二九
電話（〇三）三二三〇-六五七三［営業］
ホームページ https://www.heibonsha.co.jp/

印刷——株式会社東京印書館

製本——大口製本印刷株式会社

ISBN 978-4-582-83948-7

落丁・乱丁本のお取り替えは小社読者サービス係まで直接お送りください（送料は小社で負担いたします）。

［お問い合わせ］
本書の内容に関するお問い合わせは弊社お問い合わせフォームをご利用ください。https://www.heibonsha.co.jp/contact/

チョコレート・ガール探偵譚

フィルムは消失、主演女優は失踪、
そして原作の行方は……。
成瀬巳喜男の
幻の映画をめぐる探偵行。
連続ノンフィクション活劇。

ぐっどいぅにんぐ

まだ書かれていないこの本は、
きっと、小さなものと静かなものについて
書かれた本になる――。
夢のつづきと物語のはじまりの小文集。